주토피아 2

디즈니 애니메이션 그림책

글 신시아 리우 | **그림** 핀바 코일, 올가 T. 모스케다

옮김 박혜원

더모던
Themodern

주디 홉스

이상주의적이고 따뜻한 마음을 지닌 버니버로 출신 토끼. 주토피아 경찰서 최초의 토끼 경찰로서, 덩치 큰 동물들 사이에서 매일 어려움을 겪는다. 그러나 이제 전직 사기꾼 닉 와일드와 한 팀이 되어, 서로 달라도 최고의 파트너가 될 수 있음을 증명하려 한다.

전직 사기꾼이자 주토피아 경찰서 최초의
여우 경찰. 재치 있고 영리하며 언제나
농담을 준비한다. 여우에 대한 편견 속에서
자라 현실주의자가 되었지만,
주디와 함께 사건을 해결한 뒤에도
세상에 대한 경계를 놓지 않는다.

닉 와일드

게리 드스네이크

맹독성이지만 귀엽고 진심 어린 살무사. 주토피아의 미스터리를 풀어 가족의 명예를 되찾으려 한다. 찬피 동물이지만 친구들에게 따뜻하고, 특히 주디를 가장 친한 친구로 여긴다.

포버트 링슬리

느긋한 스라소니이자 링슬리 가문의 후손. 서툴지만 엉뚱하고 매력적인 성격으로 주디의 호감을 얻는다. 정의를 믿는 착한 이단아처럼 보이지만, 태평한 겉모습 아래 숨은 비밀이 있을지도 모른다.

니블스 메이플스틱

괴짜 비버이자 팟캐스트 〈비늘과 기묘한 이야기들〉을 운영하는 음모론자. 파충류 미스터리와 습지 괴담을 추적하며 주디와 닉을 돕는다. 엉뚱하지만 따뜻한 마음을 지녔고, 언젠가 둘과 트리오가 되길 꿈꾼다.

보고 서장

주토피아 경찰서의 단호한 리더로, 위엄 있는 아프리카 물소. 거친 외면 아래 따뜻한 리더십을 지녔고, 주디의 결단력을 경찰에 꼭 필요한 자질로 본다. 다만 그녀에게 현실 감각이 더 필요하다고 생각한다.

주토피아의 거리에서, 경찰관 주디 홉스와 닉 와일드가 도난당한 식당 밴의 용의자를 쫓고 있어요! 아무 일 없겠죠?

그럴 리가요.
보고 서장은 화가 잔뜩 나 있었어요.
주디와 닉의 추격전 때문에
도시가 난장판이 되었거든요!
주디는 조심성이 너무 많고,
닉은 너무 없었어요.
두 파트너는 서로의 차이를
극복하고 함께 일하는 법을
배워야 했어요.

주디와 닉은
'위기의 파트너'
프로그램을
듣게 되었어요.
주디는
뭔가 착오가
있는 거라 확신했어요.
자신들이 훌륭한
파트너라고
생각했거든요.

그날 저녁,
주디는 주토피아
100주년 기념행사에서
승합차들을 발견했어요.
도난당한 식당 밴과
똑같은 승합차들이었지요!
누군가 수상한 짓을
꾸미고 있다는
예감이 들었어요.

AMOOSE BOUCHE
CATERING
AMOOSE

행사장에 들어간
주디는 포버티 링슬리를
만났어요.
그의 조상 에비니저
링슬리는 주토피아를
세운 창시자였죠.
모든 상황이
순조로웠어요.
어쩌면 주디의 예감이
틀렸을지도…….

아니에요. 주디가 옳았어요!
그곳에 수상한 존재가 있었거든요.
그건 바로 뱀이었어요!
뱀은 아주 오랫동안 주토피아에 나타난 적이 없었는데, 왜 여기 있었던 걸까요?
게리 드스네이크는 포버트의 아버지 밀튼을 붙잡고, 주토피아의 과거에 대한 진실이 담긴 '링슬리 일지'도 낚아챘어요. 게리는 뱀은 악당이 아니라고 말하며, 일지에 그 증거가 들어 있다고 했어요. 주디는 즉시 행동에 나섰습니다!

닉도 행동에 돌입했어요.
퍽! 닉이 프라이팬으로
게리를 기절시켰어요.
주디는 일지를 낚아챘죠.
그런데 일이 이상하게
흘러갔어요.
밀튼이 주디에게
선택을 강요한 거예요.
일지를 넘기든지,
아니면 일지를 지키다
인생을 망치든지
하라고 말이에요.
주디는 일지를 지켰어요.

주디와 닉은 게리가 도망치도록 도와주었어요.
그러곤 일지를 들고 그곳을 피했죠.
다른 경찰관들의 눈에는 주디와 닉이
게리와 한패처럼 보였어요!

다행히 친구 프루 프루가 똑똑한
비버의 명함을 건넸어요.
그 비버라면 게리를 찾도록 도와줄 거라고요.
비버의 이름은 니블스 메이플스틱이었죠.

주디와 닉은 니블스를 만났어요.
니블스는 가야 할 곳이 어디인지 알고 있었어요.
셋은 마시 마켓을 돌아다니며 단서를
찾아보았어요.

알고 보니 게리도 주디와 닉을 찾고 있었어요.
게리는 일지를 다시 훔쳐 달아났죠!
주디와 닉은 게리를 쫓아 코펜후펜 절벽까지
달려갔어요. 닉은 그만두자고 했지만,
주디는 포기하지 않았어요.

안녕, 뿍, 안녕 뿍뿍,

뿍뿍, 픕, 뿍, 뿍뿍

주디와 닉은 버려져 으스스한
오두막에 다다랐어요. 경찰도 그곳까지
주디와 닉을 쫓아왔어요!

찍! 오두막이 두 쪽으로 갈라졌어요!
닉은 경찰에게 붙잡혔어요.
주디를 구조한 이들은…… 게리와 포버트였어요.
둘이 한 편이었던 거예요!

포버트의 텐트 안에서, 게리는 ‘뱀의 눈’으로 일지 표지에 감추어진 지도를 그려 냈어요. 포버트에 따르면, 게리의 증조할머니인 아그네스가 주토피아를 만든 진짜 창시자였어요. 에비니저 링슬리가 도시의 구상을 훔친 뒤, 아그네스가 살던 ‘파충류 골짜기’를 눈으로 덮어 지도에서 지워 버렸다는 거예요. 만약 아그네스의 집을 찾을 수 있다면, 진실을 증명할 증거를 찾을 수 있을지도 몰라요.

일행은 지도에 나온 대로
얼음 도시 툰드라타운 가까이에
위치한 파충류 골짜기로
향했어요.
그들은 눈을 뿌리는 장치를
꺼야 했어요.
그렇지 않으면 찬피 동물인
게리가 추위 때문에
얼어 버릴 테니까요.
날씨의 벽 통제실에 도착한 뒤로,
게리는 추위 때문에 거의
움직이지 못했어요.
그리고 상황은 더 심각해졌죠!

포버트가 주디에게 뱀의 독을 주입한 거예요!
포버트는 거짓말쟁이였어요!
진실에는 관심이 없었고, 오로지
증거를 찾아내 없앨 생각뿐이었죠.
그래야 가족의 영웅이
될 수 있다고 믿었으니까요.

한편, 니블스의 도움으로
닉은 경찰을 따돌렸어요.
닉은 주디를 찾기 위해
툰드라타운의 날씨의 벽으로
달려갔죠.
그런데 그곳 옥상에 나타난
포버트가 닉을 궁지로
몰아넣었어요.

통제실 안에서 게리는 주디를 돌돌 말아
따뜻하게 안아 주며 체온을 나눴어요.
다행히도 게리는 집을 떠날 때면
늘 해독제를 가지고 다녔답니다!
게리 덕분에 주디가 살아났어요.
둘은 포버트를 쫓아갔지요.

닉은 방법이 없다고 생각했어요.
포버트를 막으려면 얼음을 깨고 같이
떨어지는 수밖에 없었어요.
닉은 힘껏 발을 굴렀어요. 콰직!
그 순간 주디와 게리가
간신히 닉을 구해 냈어요!
하지만 포버트는 그곳을 빠져나가
파충류 골짜기를 향해 달아났어요.

주디와 닉, 니블스,
게리 모두 파충류 골짜기로 달려갔어요.

마침내 아그네스의 집을 찾아냈어요.
집 안에는 아그네스가 주토피아의 진짜 창시자라는
증거가 남아 있었어요!

결국 아그네스 드스네이크는
주토피아의 진짜 창시자로
인정을 받았어요.
모든 사건이 해결되었어요.
주디와 닉 덕분이에요.
둘은 훌륭한 파트너일 뿐
아니라, 진정한
친구였답니다!

주토피아 2

디즈니 애니메이션 그림책

글 신시아 리우 | **그림** 핀바 코일, 올가 T. 모스케다 | **옮김** 박혜원

1판 1쇄 펴낸 날 | 2025년 11월 29일
1판 2쇄 펴낸 날 | 2026년 1월 31일

펴낸이 장영재
펴낸곳 (주)미르북컴퍼니
자회사 더모던
전 화 02)3141-4421
팩 스 0505)333-4428
등 록 2012년 3월 16일(제313-2012-81호)
주 소 서울시 마포구 성미산로32길 12, 2층 (우 03983)
e-mail sanhonjinju@naver.com
카 페 cafe.naver.com/mirbookcompany
S N S www.instagram.com/mirbooks